maria isabel iorio

nasceu no Rio de Janeiro, em 1992. É poeta e artista visual. Lançou, em 2016, *Em que pensaria quando estivesse fugindo* (Editora Urutau), participa com poemas nas antologias *Tente entender o que tento te dizer* (Bazar do Tempo), *Alto-mar* (7Letras), *Explosão Feminista* (Companhia das Letras), *Que o dedo atravesse a cidade, que o dedo perfure os matadouros* (coletivo Palavra Sapata), *São Nossas As Notícias Que Daremos* (Movimento Respeita!) e *Cavar Um Buraco Não Ver O Buraco* (publicação independente com a pesquisa da peça que escreveu e dirigiu). É coidealizadora/fundadora do *Movimento Respeita!* — coalizão de poetas.

AOS OUTROS SÓ ATIRO O MEU CORPO

maria isabel iorio

editora Urutau
primeira edição
2019

O —

editora Urutau

rua adolpho arruda, 41
jardim das laranjeiras 12910 455
bragança paulista-sp
brasil

[+55] 11 948 592 426

contato@editoraurutau.com.br
www.editoraurutau.com.br

[EDITORES]
tiago fabris rendelli & wladimir vaz
[REVISÃO]
marina laurentiis
[DIAGRAMAÇÃO]
victor prado
[CAPA]
wladimir vaz

Dados Internacionais de Catalogação
na Publicação (CIP) — Odilio Hilario Moreira Junior CRB-8/9949

I64o iorio, maria isabel
aos outros só atiro o meu corpo / maria isabel iorio. — bragança
paulista, sp: urutau, 2019. 156 p.; 14cm x 19,5cm.

ISBN • 978-85-7105-120-1

1. Literatura brasileira. 2. Poesia I. Título.

CDD 869.1
CDU 821.134.3(81)-1

sumário

o corpo querendo 1 corpo a mais

[55] estudo da tração na sutileza da diferença
[57] por isso inventaram os quartos
[58] mesmo longe de tanta gente
[59] a sujeira
[61] coordenadas
[62] olha
[63] não tenho maiores ambições
[64] tenho maiores ambições
[65] pernas
[66] *[no amor estou sempre suando]*
[67] modos
[68] não é mentira
[69] tu, hoje
[70] é uma luta
[71] segredinho
[72] seu corpo atrapalha a minha saída & isso não é sensato

na precisão do aprumo

[75] *vamos aos trabalhos*
[78] você
[79] costas
[80] regras de segurança no trabalho
[82] enquanto eu não tenho certeza do meu gênero
nem da minha época
[83] falta de máquina ou de tempo
[84] idade
[85] saiba
[86] não sabemos
[87] podemos usar esse exemplo
[89] isso que é raro mas pode acontecer em alguns invernos
[95] *///*
[96] *///*
[97] *///*

[98] ///
[99] ///
[100] ///
[101] ///
[102] ///
[103] ///
[105] não se precisa estar na floresta
[106] ossos e laranjas, são coisas que espprememos
[107] segundas-feiras
[108] o tempo acabou
[109] carta para as membras do *Movimento Respeita!*
[111] classe média

bem como na liberação do colapso

[113] assoprar as cinzas dos teclados
[114] embora o oceano pacífico cubra quase um terço da superfície do planeta e corresponda a quase metade da superfície e do volume dos oceanos
[116] não se enganem isto não é felicidade
[117] depois de assistir *tragédia, uma tragédia*
[118] ///
[119] ///
[121] se ao escavar rochas de 600 milhões de anos encontrássemos as primeiras águas-vivas ao lado da ossada de uma marmota seria preciso reescrever nossos textos
[123] a semana o fim da semana
[124] eu deixo pra você a possibilidade de correr
[125] o mato é isso que ninguém depositou
[126] não
[130] não importa que playlist estiver ouvindo
[131] 21 de junho de 2018
[132] a casa
[134] antes

[135] cílios ████████ na borda █
████████ para proteger o olho
de ██████ suspenção no ar (poeira)
[137] olho
[138] não existe ninguém que não possa
[139] como diluir um pigmento histórico
[144] cavar um buraco não ver o buraco
[147] equação
[148] em termos
[149] *podia estar perdido*, segundo a bióloga
[150] um quadro pode ficar anos pendurado, sem cair
[152] algum descanso
[153] dados
[154] se eu pudesse terminar com 1 desejo diria
[155] sumário

para Quelly da Silva, travesti de 35 anos que foi morta,
em janeiro deste ano, e teve seu coração extirpado.

para todos os corpos que estão sendo mortos,
ou vivem em risco,
aqueles que gemem, discordam, se recusam.

Leonizia explica o seguinte: "os animais que têm uma maior movimentação dos seus músculos tendem a ter a carne mais vermelha"

[prefácio]

DA DURAÇÃO DO NOSSO CORPO NÃO PODEMOS TER SENÃO UM CONHECIMENTO EXTREMAMENTE INADEQUADO

por Erica Sarmet

"olha só isso aqui: *Espinosa diz o seguinte: todos nós temos uma energia vital, uma potência, e essa oscila ao longo do dia (...) existem coisas no mundo que têm a capacidade de aumentar essa nossa potência, coisas que nos deixam animados, energizados, para cima. E há coisas que, ao contrário, reduzem nossa potência, nossa energia. Por exemplo, você pode estar com um nível baixo de energia e receber uma notícia boa que estava esperando. Sua potência aumenta, você se alegra. Em seguida, você sai de casa e batem no seu carro, gerando prejuízos e estresses. Sua potência imediatamente diminui. Nosso dia é geralmente caracterizado pela oscilação de potência. Partindo desse princípio, Espinosa conclui que amamos uma coisa (ou pessoa) quando essa tem a capacidade de aumentar nossa potência.*

Maria Isabel diz: "ai, acho isso óbvio".

"calma. *Para Espinosa os afetos ativos, também chamados de ações, só podem ser alegres, porque o corpo sempre se esforça para aumentar sua potência de agir. O corpo é uma potência que busca se expandir e se tornar alegre. Quando o corpo age, ele age por sua própria natureza.* Nas palavras do próprio: *O fato é que ninguém determinou, até agora, o que pode o corpo (...) ninguém conseguiu, até agora, conhecer tão precisamente a estrutura do corpo que fosse capaz de explicar todas as suas funções, sem falar que se observam, nos animais, muitas coisas que superam em muito a sagacidade humana, e que os sonâmbulos fazem muitas coisas, nos sonhos, que não ousariam fazer acordados. Isso basta para mostrar que o corpo, por si só, em virtude exclusivamente das leis da natureza, é capaz de muitas coisas que surpreendem a sua própria mente.* Está muito óbvio ainda?"

Maria Isabel diz: "pra mim está, juro. Mas é porque penso muito nisso, há muito tempo".

Maria Isabel Iorio pensa sobre o que pode o corpo há muito tempo. E é por saber, intuitivamente ou não, que um corpo não é limitado por um pensamento, nem um pensamento por um corpo, é que ela nos atira este livro. Um livro que engenhosamente rejeita, foge, corre a galope do repertório óbvio comum de imagens associadas ao "corpo feminino". Aqui não. Maria Isabel nos convoca outra sensibilidade, não marcada pela irredutibilidade do gênero — talvez, justamente, por ser Maria Isabel poeta sapatão e, sabemos, *lésbicas não são mulheres*. Sua escrita escorre na contradição da experiência e da linguagem — o se perceber mulher, a consciência da arbitrariedade dessa designação ("decidem o nome ao ver a gente chorando"), a recusa de ser lembrada disso o tempo todo, o decidir então jogar com isso ("os furacões tem nome").

A marcação do gênero está presente, e é muito importante que esteja, mas ela não é definidora das imagens das coisas. Em *Aos outros só atiro o meu corpo*, os artigos não são os protagonistas. Quando aparecem, é para mostrar como, neste mundo, o corpo percebido como feminino tem possibilidades restritas de ação, sua potência constantemente diminuída. Em razão disso, os poemas fazem um movimento de vai e volta, vai e vem constante, de recusa e assunção do gênero, percebido também no modo que a poeta escolheu organizar os três primeiros capítulos (gesto subvertido então no último, mordazmente nomeado "bem como a liberação do colapso", onde tudo se mistura).

Quem tenta muita beleza às vezes não consegue, e, às vezes, se é bem sucedido, cai na impraticabilidade. A escrita de Maria Isabel é de uma praticidade encantadora. Ela sabe que o corpo pode coisas que a mente não pode. Pode tocar, pode tremer, arrepiar os pelos, pode sorrir, pode até morrer por isso. Mas a autora não permite que seu corpo seja reduzido à imagem que temos dele. Por isso brinca, gostosamente debocha do olhar do outro que acha que pode capturá-la ("esse risco debaixo do meu olho / é um risco debaixo do meu olho"). Se diverte, sozinha, porque sabe que jamais conseguiremos. Um gesto ao mesmo tempo corajoso, envaidecido e sedutor — ela sabe. Reconhece que o que move a tudo e a todos não é nada mais senão o desejo, "o único corpo possível de se desviar", mas a poeta nos recorda: não é possível parar agora.

Aos outros só atiro o meu corpo é um livro de imagens poéticas sobre uma noção estendida da sexualidade que é de brutalidade enternecedora. Precisamente político e profundamente erótico, joga com a própria forma para falar sobre o corpo das coisas, através do corpo do próprio livro (de repente, as imagens ganham corpo; ou as palavras somem sob riscos). A poeta olha instigada pelas possibilidades da matéria, para o mundo ao seu redor. Os dedos que já entraram em todos os lugares, os prédios que caem, os bichos que são o que querem e morrem onde não querem. Porém, o mundo que Maria Isabel olha com olhos pequenos e tão curiosos é o mesmo mundo de guerras não interrompidas, que impõe a seu corpo e a outros (muito mais) o risco. É, pois, precisamente por isso que os versos aqui dispostos não são versos de afagos, mas versos que cavam fundo no chão das nossas entranhas. Fato: suas palavras convidam a leitora a se arriscar à sensação — e ela nem sempre é confortável.

Também fato: escrever um livro é sempre um dar-se a ver para conhecidos & desconhecidos; no clichê, "se desnudar". Mas Maria Isabel Iorio não está nua, não se engane. Esperta, faz o movimento contrário: é ela quem desnuda as coisas e nos faz pensar no que não podemos ver, pois sabe que *um corpo, em movimento ou em repouso, deve ter sido determinado ao movimento ou ao repouso por um outro, o qual, por sua vez, foi também determinado ao movimento ou ao repouso por um outro, e este último, novamente, por um outro e, assim, sucessivamente, até o infinito.* Assim, se atira em nós. E entra.

TODOS OS MEUS CORPOS O CORPO

VOCÊS

que não me chupam
podem me ler?

A BIOLOGIA DIZ

os vírus são discretos
eles não transam
assim de repente de qualquer
jeito não eles só se reproduzem
em silêncio
entre as membranas
de uma célula
nossa

se valendo de que somos
isso um rosto exposto
ao sol e ao sangue
aos órgãos deliciosos
fora do algodão

isso um corpo todo
exposto à queda, ao caldo
ao leite e todos os instrumentos
que furam ou cortam
somos isso que
nunca está totalmente limpo
capaz ou imune

também nunca entendemos muito do laudo
geralmente apontam que ainda estamos vivos
que Rogério não morreu porque era tímido

ACERTOS, ISSO NUNCA

A luz vermelha
lê o valor. Você coloca seu dedo ali
onde tem a forma de um dedo,
uma luz vai ler o desenho do seu dedo.
Todas as peles mortas, o leitor sabe
que sou eu.
Que não posso...
Sabem o nome composto que disseram
enquanto apontavam pra mim
chorando.
Decidem o nome assim — ao
ver a gente chorando.
A máquina escreve o meu nome.
Aprendi a me defender desse
nome. As pessoas acham que o outro,
em seguida, é japonês. Tenho os olhos
apertados, facilitando. Minha família nunca foi
ao Japão. A depiladora
se chamava Islândia, ela nunca foi
à Islândia — me disse.
Também nunca mais me depilei.
Os pelos crescem sobretudo
lá no meio, de modo que escondem
minha buceta, e eu não preciso mais

ser alguém que visivelmente tem
uma buceta. Só aparo, eventualmente,
pra que possam me chupar
melhor.
O cabelo cresce há quatros anos, agarrando
nas coisas, prendendo na boca dos outros,
mas ainda não
chega à altura do umbigo. De modo
que meu umbigo seja mesmo sempre um buraco
ali
no centro.
Sem ocupação.
Se subitamente parassem
de me reconhecer, penso,
eu talvez tivesse mais dinheiro.

Tomar posse de

Apêndice; anexo

Fazer com que
fique gigantesco

E OS SOLUÇOS ESTRAGAM MINHA GARGANTA

Os pelos crescem como nós:
devagar mas também
por acidentes.

Às vezes se concentram como se estivessem
tomando uma cerveja.
Às vezes faltam, sem se explicar,

ou não têm força de vencer a pele.

Os pelos crescem como nós:
caindo,
[mas quando você
me esbarra eles subitamente se levantam,
subitamente
me entregam].

QUE NADA

quando vou ao mercado fico
achando bonita coincidência o queijo minas também
se chamar Solidão

e ser essa a marca mais cara
que eu não posso pagar

100 gramas de Solidão

OK, EU EXPLICO

1.

Esse risco
debaixo dos meus olhos
não é permanente

[inclusive, se você ficar até o final,
vai ver como ele pode se desfazer
como pode, até,
te borrar]

2.

Esse risco debaixo
dos meus olhos
é um risco
debaixo dos meus olhos

3.

OK, é um gesto
que ninguém vê: eu
sublinhando esses dois
olhos que eu não sei o que

serão capazes de fazer
mas permito

4.

Minha assinatura
é riscada, também
um garoto me disse que é problema de
negação: e olha, pode até ser.
Sou parte dos problemas.

5.

Como o olho, eu não sei
o que fazer em meu nome

[mas gosto que você me chame
por clc, intciro
como se fôssemos importantes
como se fôssemos mudar
alguma lei]

6.

Pronto, você precisa aprender
a não esperar justiça
dos contornos.
O traço nunca sai alinhado.
Meus olhos terminam mais embaixo.
E continuam.

7.

Pronto, esse risco debaixo
dos meus olhos
também pode ser uma prateleira
pros seus olhos cansados.

Aqui você pode fechá-los.

TREINO: AGIR SÓ ONDE A MATÉRIA É MOLE

ir a palestras — nisso
onde chamamos conversas de
mesas —
para treinar perguntas.
querer das coisas outra
consistência — sem esforço de
identificar os galhos na lama.
comprar as frutas prestes
a apodrecer — atacar os caçadores
no descanso depois
do almoço.
fazer uma chave de segredo
inútil
que não abra porta nenhuma.
dormir dentro
de alguém
dormindo.
escutar o sono por dentro.
observar o rosto de quem não conhecemos
acordando
por fora.
gritar como uma chaleira
quando esquenta.
derrubar os copos

de propósito —
assistir o líquido se espalhar
pelos tacos,
beijar o sol na supervia.
cortar as unhas logo depois do banho.

lembrar incessantemente
de escovar os dentes de trás
dos dias.

DADOS

1.

Não atendo as ligações mas estou sempre viva.

AS LEIS

Não há mais lugar nas famílias.
As cozinhas escorregam.
Está tudo sujo.
Botar o pé no mundo, já estamos sujos.
Eu vivo na cara dos outros.
Eu nunca vou embora antes.
Também não tomo banho, quando chego em casa.

Aos doze anos uma barata pousou no meu olho.
Nessa época fazia discursos antes de dormir.
Como fosse deputada, de alguma cidade.
Nunca visitei a cidade que inventei.

Também estive perto do outro lado.
Olhei muito tempo a janela.

Nenhuma casa nunca foi minha.
Não tenho por isso como me mudar.
E mesmo as roupas — eu fui roubando
da intimidade.
Na sanidade precisamos ser minimamente
criminosas.

Nomear através de uma votação

DADOS

2.

Me fascina toda máquina que não seja eu.

SEUS DEDOS APERTANDO MAGISTRALMENTE UM TABACO

é quando você me olha que vejo
como é incontornável
a minha solidão

às vezes a boca cheia
evita a inutilidade de algumas frases
ver alguém comer
é como ver dormir
coisas que raramente vemos
porque estamos acompanhando

        & as coisas que dizemos ao acordar são as menos honestas

mesmo a cama totalmente
familiar, ocupada
nunca acordamos juntas

você vai me esquecer, você sabe
algum dia
isso me comove

não adiantará repetir meu nome
centenas de vezes

ou te enviar fotos da minha cara
acordando

você verá vídeos
de 15 segundos
incessantemente
todas as histórias

temos registrado
coisas não autorizadas
a grama o mosquito os rostos
dos outros

não sei se você pode responder
se ainda é possível
alguma paragem

esperamos o silêncio
como se espera do interior da geladeira
alguma novidade

DEZEMBRO

Apertei o dedo contra a porta ontem e ele foi doer agora.
Parece que a dor também se atrasa.

3.

Sobrar, nas margens, como um mindinho.
Levar porrada por isso.

HÁ A MÃO E TUDO O QUE ELA DEVERIA TOCAR

ontem uma mulher que não conheço me escreveu
perguntando como estou, porque sonhou que eu
não conseguia mais
escrever
e por isso a abraçava, pedindo ajuda

eu estou mesmo sem
escrever
mas ainda não abraço pessoas que não conheço
infelizmente

eu sei que só penso quando ando
e que passo metade do dia sentada
na mesma cadeira
então /

tenho dois e-mails
atualmente
um com o meu nome
e o outro com o nome da minha função
na empresa

diariamente escrevo
de um pro outro
às vezes respondo

não é falta de amigos
eu tenho bons amigos

mas se vou a bares, como todas as últimas vezes
constato o desespero dessa boca incansável
por copo cigarro outra boca tragédias
tudo que não se esgota & custa caro

é claro que rimos muito

uma pessoa é
capaz
de delirar

            você sabe quem eu estou me tornando?

no deserto só se pode dizer que
há o deserto

minha mão treme se estiver desocupada
pois há a mão e tudo o que ela deveria tocar

[minha mão treme se estiver dentro dela

ela acaba tremendo também]

errar um traço — tremer minimamente a mão
quando se está fazendo um mapa
pode alterar o tamanho do mundo

[ela acaba tremendo também]

por isso que são desenhados por pessoas temperadas
que não têm suas insônias nos trópicos como
eu

meu coro cabeludo está repleto de caminhos
cascas, ninguém
sabe dizer o que é
(pra onde levam)
as letras dos médicos são responsáveis
pela morte de 7 mil americanos
por ano
e dois pequenos aviões não derrubam duas torres de 110 andares
agora eu sei

estudiosos da engenharia & da História afirmaram
o prédio despencou por implosão
calculada

eu sou minhas duas pernas
          bambas
posso dizer que estou de pé

LOGO

eu não falo porque essa dificuldade de falar
eu não falo muito às vezes eu não falo muito
eu ainda tô aprendendo a falar.
é que vocês não veem agora mas
eu nasci sem dente eu nasci
é, eu nasci e continuei, sem os dentes.
os dentes não nasceram.

as crianças mordem, pra conhecer. eu faltava.
achava que era genética, por causa da minha avó.
que a gente herdava era isso, a ausência.
não as coisas.
mas tem nome.
da cartilagem é difícil o mundo.

eu comprei esses dentes eles não
vieram comigo vieram
depois e foram muitos os moldes
até um que me coubesse algum.
guardo todos os grunhidos.
os dentes demoraram pra chegar eu demorei
a morder ou falar — que no fim dá
no mesmo.
era tudo língua e as palavras duras dessa língua
que eu não falo.

4.

Não é sempre que o corpo quer ser um corpo. E às vezes não é preguiça — mas uma coragem instantânea.

DADOS

5.

toda vez que abro a porta de um veículo
lembro que meu avô por parte
de pai morreu
assim
abrindo a porta de um veículo
então a lembrança me faz
ir mais devagar.

e toda vez que digo
eu moro em Copacabana, na rua Tonelero
lembro que Ana Cristina Cesar
se suicidou bem ali, em Copacabana, na
rua Tonelero.
eu não seria capaz de repetir.

sei que muita gente morre afogada
que antigamente era como se tratavam os loucos:
jogando no oceano.
eu não tenho ido à praia.

sei que muita gente morre dormindo
que aliás é o ideal — morrer dormindo

e que dificilmente eu vá morrer assim
já que durmo tão pouco.

sei que haverá um acidente qualquer.
estarei de meias.

EU TENHO NO ESTÔMAGO UM TRABALHO

Eu tinha uma calça moletom furada entre as pernas.
Dois anos sem nenhuma vontade.
Dormia.
Um homem quase doméstico me toca no furo.
Me viro, fingindo ainda dormir. Consigo espantar
mas guardo o barulho da sua respiração
alta, culpada.
Acordo de manhã com a minha respiração
alta, culpada.
Achando — foi um sonho.
Não era, mas passei a ter medo de
fechar os olhos no mundo com homens, invasões.

ESSA PELE A MENOS

eu sei que vocês já notaram
minha mãe diz que é marca de
quando eu mamava
meu pai nunca disse
nada — fomos assistir e ele dormiu
"la teta assustada".
é certo também que eu contribuo
há anos — todos os que tive
arrancando sofisticadamente com os dentes
essa tal pele   [hoje já discrepante]
no centro do meu lábio
que se descola
como alguém que perde de repente
o tesão em mim.

E A GENTE AQUI PENSANDO EM CARREIRA

Eu não sei o nome das plantas.
Gosto dos roxos nos joelhos.
Deixar expostos os ralados.

Também de usar band-aids
onde não tem nada machucado.

Estão cada vez me chamando mais
para tomar ayahuasca.
Mas quero morrer entendendo muito
pouco da barriga
pra cima.

Sei que a matéria esconde
pedacinhos.

Eu ponho muita comida no garfo,
gosto de ocupar a boca
inteira.

Se desse, gostava ser um mouse,
a trabalhar deitada
me arrastando pelas mãos
dos outros.

Eu prestaria pra ser
um mouse.

EU NUNCA VOU TER UM POEMA QUE CITE A DISNEY

eu nunca sonhei
com nada que eu me lembre
eu sei que as imagens desacordam

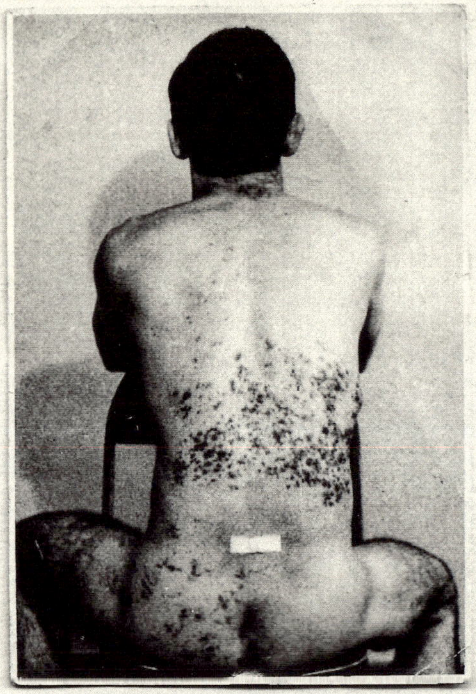

O problema do abismo é a sua sutileza.

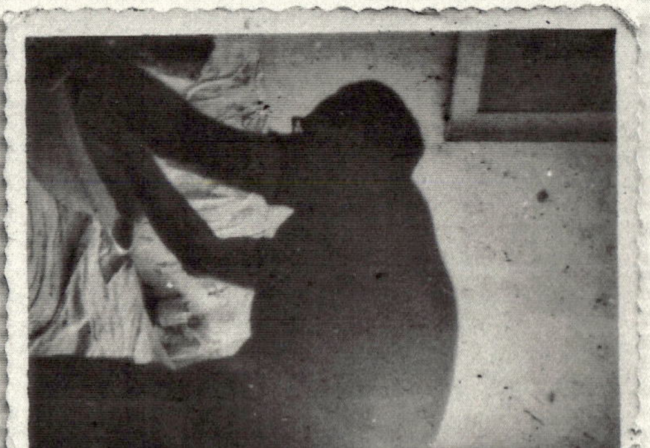

ENCARGOS

minha mãe reclama não
adianta minha postura
é essa eu uso sapatos
maiores pra tropeçar mãe eu estou decididamente
inclinada a cair

A DORMÊNCIA DEBAIXO DO BRAÇO

O frio é um membro do corpo.
Você pode comprar meias, até luvas, mas não existe casaco
pro rosto.
Ele precisa se dar às conjunturas da cena, aos golpes de estado,
um rosto precisa
do tempo, uma mulher
é obrigada a ter um rosto
a mais
pra ocultar.

A MATEMÁTICA

Exercitada: a matemática é ridiculamente feita
de desejo.
Dizemos que um intervalo é aberto quando
seus extremos não estão incluídos. Exemplo:
meus olhos, dois números irracionais
sobre a conta dos teus cafés da manhã
veja:

qualquer boca é metade de um beijo.

O corpo querendo 1 corpo a mais.

O CORPO QUERENDO 1 CORPO A MAIS

ESTUDO DA TRAÇÃO NA SUTILEZA DA DIFERENÇA

1.

uma mulher molhada
sobre uma mulher molhada
é audível, sólido

2.

uma mulher sobre outra mulher
não é preliminar é pré
histórico

3.

uma mulher
para amar uma mulher
é preciso comer com as mãos

4.

uma mulher
para amar uma mulher
é preciso cortar as unhas

5.

colar a trajetória no epicentro:
uma mulher que ama uma mulher aprende a lamber as coisas
por dentro.

POR ISSO INVENTARAM OS QUARTOS

1) minha boca na sua
buceta durante 2) sua boca na minha
buceta isto visto de fora
por alguém com sobrenome
dizem que parece tão inofensivo
quanto uma aranha
peluda imensa solta tremendo
de fome

MESMO LONGE DE TANTA GENTE

era Bahia, a maré baixa
— como se tivesse deitada, também —
tanto quanto forte
foi difícil
trepar com a N. porque
uma mão precisava me apoiar
enquanto a outra tremia
enquanto o resto do corpo tremia
e a N. tremia
inclusive a água
enquanto a água tremia
trepávamos, as três, sobre
uma superfície incerta

um ménage
insustentável

A SUJEIRA

nós temos as mãos sujas de graxa
eles, de sangue

A pele do rosto de uma pessoa

Parte principal em qualquer ato

Imemorável

COORDENADAS

se você não me encontra
terá de provar todas as batatas-fritas
de todos os bares de todos os bairros próximos
eu não sento em mesas de madeira
nem de costas pra rua

se você não me encontra
é porque está sem fome
e eu não posso te ajudar

a fome que eu tenho
é pelo que você pode carregar entre os dentes

OLHA

se a tua cara não sai
da minha cabeça
            e eu guardo ela de frente
é pra te forçar a me olhar de volta

NÃO TENHO MAIORES AMBIÇÕES

fazer da minha boca um evento
aberto
todas as línguas
convidadas.
se as histórias acabam tristes, de qualquer maneira,
as festas não.

eu sempre me despeço distraída,
digo até amanhã.

TENHO MAIORES AMBIÇÕES

quando vejo alguém que gosto
faço festinha
como se pudesse ser um aniversário
um dia em que nascemos
não estou certa quantas vezes
nos é permitido nascer

PERNAS

São fundamentais para o amor.

*

[no amor estou sempre suando]

MODOS

Cruzar as pernas
nas suas
compulsivamente
como se acende um cigarro
em outro.

NÃO É MENTIRA

eu fumo para ocupar a boca.
não exaurir a sua.

nesta tarefa uso fósforos, preciso saber
até quando
teremos fogo.

até quando
teremos fogo.

TU, HOJE

De maria isabel iorio
Para Adelaide Ivánova
Data 16/08/2018 21:07

Adelaide,

acabop de chegar do traibalhho
mall remuneraddo
e nãio achxei minhaes mãos

te escruevo é com muitpa dificculdade
contgo com partes inadestradss
mas te escrevo
porque não terei filhoas
mas se tivsesse diria
que te conheci, compañera
e que você me ajuda

a encontrar minhas mãos

no que é desprovido, a força dos nossos punhos
que se avistam
assim mermo de tãop longe porque
erguidos

É UMA LUTA

Quando nos encontramos ali
em nossos pontos vermelhos, de tesouras sem corte;
massacrando o capitalismo por ter muito o que comer e não
jogar nenhuma parte fora.

Quando damos, nos lábios, as demoras;
descanso das línguas sujas dos outros, e, sem morte,
fazemos um discurso lambido pela
Assembleia das melhores cavidades.

Quando parece que ganhei outras duas
pernas, e temos toda a água que eles não conhecem;
instalando, na cama — ou aquela hora, no chão,
um movimento sem terra.

SEGREDINHO

você, sapatão
não acha que o que temos
em comum é mesmo esse
sorrisinho
delicioso
no canto da boca
de quem já disfarçou muito ou
quem já precisou aprender a duração
— aqueles três segundos a mais
num olhar para saber se ela também...
quem teve que descobrir muita coisa
sozinha
ou em cima da hora num banheiro
feminino — fazendo finalmente um bom
uso dessa divisão ou de quem já quebrou
muito a cara ou enfiou
muito a cara ou quem arrasta
mesmo um caminhão aquele sorrisinho você
sabe de quem sabe que estamos vibrando
mais forte ou perto e quem descobriu
que todas as cantoras
da mpb são como nós mas às vezes isso é
discreto nós também já fomos
de quem parece encontrou

um lugar onde dormir ou perder o sono
como na puberdade algumas câimbras
e nenhum aviso
aquelas primeiras festas onde
aprendemos a conduzir
o próprio peso
aquele sorrisinho de quem acabou de ganhar esse
corpo e quer testar
e testa
e testa
e sabe
que pode morrer por isso

SEU CORPO ATRAPALHA A MINHA SAÍDA & ISSO NÃO É SENSATO

com o meu
corpo todo espalhado pela casa
é impossível calçar os sapatos

NA PRECISÃO DO APRUMO

*

vamos aos trabalhos
boa noite, a quem veio
a quem trouxe mesmo o corpo

a quem lembra
que ainda não sabemos
tudo o que se pode fazer
com ele

digo, o corpo

por ora, peço que coloquem seus braços
naquele canto, ali
sim, por favor
não vamos alcançar nada agora

e ninguém vai bater palma, essa
chatice

atenção não prestem atenção

vamos esquecer esse endereço
aos pouquinhos

é covardia dizer que estamos aqui
não estamos
mas podemos tentar

seria legal se a gente conseguisse chorar
como um gesto público

as notícias diriam *hoje 02 pessoas choraram*
juntas
se acertando com os próprios olhos

[tem mais alguém aí?]
mas não somos capazes
o que vamos fazer com esse lugar?

vamos inventar uma temperatura
faz bastante calor, pronto
está decidido
estamos suando

você tem dormido?

vamos dormir um pouco

é melhor dormir assim, sem os braços

não é?

vamos pensar nas coisas que não podemos ver
essas coisas
que não podem ser violadas

essas partes nossas que não somos ainda
coisas que estão esperando por nascer

o que ainda pode nascer?

ou coisas que desistiram de nós:

um dia eu tava escrevendo, no sofá,
fumando um cigarro,
o cigarro caiu da minha mão
e eu nunca mais encontrei
o sofá tá intacto e
o cigarro eu nunca mais
encontrei

vamos acender *esse* cigarro

você pode pegá-lo com as mãos
que não estão mais com você

depois vamos aprender a fazer carinho
sem elas

VOCÊ

deve estar lendo na sua própria voz aquela que ninguém
ouve fora da sua cabeça isto é um jeito
de não dizer eu te amo

COSTAS

Penso que nunca escrevemos o que queremos escrever. O que estamos pra escrever. Escrevemos coisas ao redor disso que nunca se abre completamente à nossa visão.
Não sei se vemos.
Quantas imagens as cidades derrubam
de nossos olhos.
A Wikipédia diz: *São as lágrimas*
que mantém a córnea úmida e saudável.
Em geral escrevo curvada.
Essa também é uma postura.

REGRAS DE SEGURANÇA NO TRABALHO

A distração é um dos ~~maiores fatores de~~ acidentes. ~~Trabalho com atenção e dificilmente se acidentará.~~

~~A oficina é lugar de~~ trabalho. ~~As brincadeiras devem ser reservadas~~ para horas ~~de folga.~~

Seus olhos não se recuperam depois de perdidos. ~~Use óculos protetores sempre que~~ o seu trabalho ~~o exigir.~~

~~A pressa~~ é ~~companheira~~ inseparável dos acidentes. Faça tudo ~~com tempo para trabalhar bem e com segurança.~~

Quando não souber ou tiver dúvida ~~sobre algum serviço, pergunte ao seu mestre ou capataz, para prevenir-se contra possíveis acidentes.~~

As suas mãos levam para casa ~~o alimento para sua família. Evite pô-las em~~ lugares perigosos.

~~Não deixe~~ tábuas com pregos ~~espalhadas pela oficina, porque podem ser causa de~~ sérios ~~acidentes.~~

~~Comunique ao seu chefe toda e~~ qualquer ~~anormalidade ou~~ defeito ~~que notar na máquina ou ferramenta que for utilizar.~~

~~Não improvise ferramentas; procure uma que seja adequada para seu serviço.~~

~~Lembre-se que você não é o único no serviço e que a vida do seu companheiro é tão preciosa quanto a sua.~~

~~Utilize em seus trabalhos ferramentas em bom estado de conservação, para prevenir possíveis acidentes.~~

~~Não fume em lugares~~ onde se guardam explosivos e inflamáveis.

~~Coopere com seus companheiros em benefício da segurança de todos e siga os conselhos de seu chefe ou feitor.~~

O hábito de usar cabelos soltos ~~durante o serviço tem dado causa a graves e irreparáveis acidentes. Use touca protetora~~ quando ~~seu trabalho~~ reclamar.

~~Manda a lei que o seu patrão forneça os equipamentos~~ de proteção ~~que você necessita para o trabalho~~, mas você também está ~~obrigado~~ a ~~usá-los, para prevenir acidentes e~~ evitar ~~as~~ doenças ~~profissionais.~~

~~Mostre ao seu novo companheiro os~~ perigos ~~que o cercam no trabalho.~~

~~Cada acidente é uma lição que deve ser apreciada, para evitar maiores~~ desgraças.

~~Todo o acidente tem uma causa que~~ é preciso ~~ser pesquisada, para evitar~~ a sua repetição.

~~Se você for acidentado, procure logo o socorro médico adequado. Não deixe que "entendidos" e "curiosos" concorram para~~ o agravamento de sua ~~lesão.~~

~~Se você não é eletricista, não se meta a fazer serviços de~~ eletricidade.

~~Procure~~ o ~~socorro médico~~ imediato, ~~se você for vítima de um acidente, amanhã será~~ tarde demais.

As máquinas não respeitam ~~ninguém, mas você deve respeitá-las.~~

~~Atenda às recomendações dos Membros da CIPA e de seus mestres e chefes.~~

~~Conheça sempre as regras de segurança da seção onde você trabalha.~~

~~Conversa e discussão no trabalho predispõem a acidentes pela desatenção.~~

~~Leia e reflita sempre os ensinamentos contidos nos~~ cartazes e avisos sobre ~~prevenção de acidentes.~~

~~Os anéis, pulseiras, gravatas e~~ mangas compridas ~~não fazem parte do~~ seu uniforme de trabalho.

~~Mantenha sempre as guardas protetoras das máquinas nos devidos lugares.~~

~~Pare a máquina quando tiver que consertá-la ou~~ lubrificá-la.

~~Habitue-se a trabalhar protegido~~ contra os ~~acidentes. Use equipamentos de proteção adequados a seu serviço.~~

~~Conheça o manejo dos~~ extintores e demais dispositivos de combate ao fogo ~~existentes em seu local de trabalho~~. Você pode ter necessidade de ~~usá-los~~ algum dia.

ENQUANTO EU NÃO TENHO CERTEZA DO MEU GÊNERO NEM DA MINHA ÉPOCA

Madalena nasceu.
Deve ter chorado, eu não perguntei.
Veio com os órgãos todos, a barriga.

Depois sua primeira palavra
foi *aqui*.

Não foi por repetição.
Nenhuma relação sanguínea.

FALTA DE MÁQUINA OU DE TEMPO

Quando vemos uma fotografia
Nos colocamos na posição da máquina.
É necessário se colocar na posição das máquinas.
Do olho que se apertou contra o visor.
Não do outro, que estava comprimido, fechado à força.
É por isso que quando tiro uma foto te obrigo a me olhar.
Pra que o olhar seja uma trapaça possível
contra o tempo.
E por egoísmo, é verdade; eu quero que me imaginem.
Mas também de lá a imagem
vai se desgastando, se perdendo.
Assim como o que eu vi, assim como eu.
As fotografias que não tiramos — por falta de máquina
ou de tempo — são as únicas que se guardam
intactas.
Como eu e você como a grande revolução como
todas as coisas que descansam
por nunca terem existido.

IDADE

Se me acontece eu penso:
taí algo a se desejar
em aniversários.

Que uma senhora bem velhinha esteja andando na sua frente
numa calçada estreita.

Que ela te ensine sem escolha
a lentidão.

SAIBA

a gente tem medo dos bichos
porque eles podem ir
pra qualquer lugar

NÃO SABEMOS

Diogo era pequeno
sua mãe contou que só os cachorros morriam.

PODEMOS USAR ESSE EXEMPLO

No corredor do prédio a luz apaga de repente e você precisa fazer

qualquer gesto

agitado

pra que ela te veja, pra que ela acenda.

Pra provar que você existe ou
pelo menos que você está um pouco aqui
e gostaria de entrar em casa.

Cumprimento de chegada ou despedida que se faz a alguém à noite

ISSO QUE É RARO MAS PODE ACONTECER EM ALGUNS INVERNOS

Durante anos, os cientistas estiveram intrigados com as "pedras que andam" na região remota do Vale da Morte. O Vale fica em uma depressão árida no Deserto de Mojave, na Califórnia. O estudo começou há alguns anos, quando um biólogo e um engenheiro transportaram alguns equipamentos até o lago seco onde elas são encontradas. Mas, nesse primeiro estudo de 2011, nada aconteceu. Foi só depois que /

Mas desde então você começou a desenhar, não é?

Ainda tô aprendendo a desenhar.

As pedras parecem se mover por conta própria, deslizando através do leito plano da lagoa seca. Os rastros deixados por elas são a única evidência de que as rochas se movem. Mas nunca ninguém presenciou os movimentos.

Aqui.
Já chegamos a um estágio em que não há volta. Por exemplo. Grande parte da estrutura dos séculos XIX e XX foi construída nas cidades costeiras. Se o nível do mar subir seis ou sete metros, muitas dessas cidades não vão poder mais existir, simplesmente.

Vão desaparecer.

Ou talvez tenham que ser deslocadas.

A ciência da navegação. A teoria da incerteza.

Criar um país tão pequeno, a ponto de que toda a população só possa estar do lado de fora.

No estudo, os cientistas revelaram que placas irregulares de gelo fino, parecendo painéis de vidro quebrado, fazem com que as rochas deslizem em todo o lago inundado — algo que é raro, mas pode acontecer em alguns invernos.

Você lembra? A primeira vez eu disse que te amava?

A gente tava deitada, na cama. Bem perto. Então eu disse baixinho. Só que passou um caminhão de lixo, lá fora, bem na hora, e abafou completamente a minha frase.

Você não ouviu.

De acordo com eles, impulsionadas pelos ventos suaves, as rochas parecem um hidroavião que desliza na superfície de lama gelada.

Tem algum tempo que diariamente eu acordo,
faço dois ovos mexidos
e deixo a frigideira na pia.
Só pela duração das coisas sujas,
duração das coisas
que colam.

"Pode levar uma década para acontecer eventos de chuva ou neve bastante pesados para criar uma lagoa substancial. E a maioria dos deslocamentos ocorre quando está frio, chovendo, e ventando, o que dificulta capturá-los", disse o principal autor do estudo, Richard Norris.

As coisas bonitas precisam conviver com o óbvio, algumas margens.

Existe um artista, que eu esqueci o nome. Ele vendeu um trabalho invisível pra um colecionador.

O colecionador pagou pelo trabalho e recebeu um certificado por ele. Pro colecionador era mais como uma espécie de diversão, "vamos comprar um trabalho invisível!", mas ele ficou surpreso quando, três semanas depois, recebeu uma ligação avisando que o trabalho invisível seria entregue na sua casa. Então, exatamente na hora combinada, às dez da manhã, o caminhão chegou e seis entregadores com luvas brancas desceram para carregar o trabalho invisível pra dentro da casa. Eles entraram e perguntaram, de forma muito séria, onde o dono da casa queria que colocassem a peça. Ele disse "perto da janela", e os entregadores responderam "não, não, ali tem muita luz. A peça é muito frágil." E o colecionador indicou outro lugar.

Muitas teorias já diziam que o movimento das rochas tinha relação com vento, água e gelo em camadas grossas, mas nenhuma havia citado o gelo fino. "Eu tenho que confessar que fiquei surpreso. O gelo era muito mais fino do que eu pensava ser necessário.", disse o coautor, Ralph Lorenz.

Mas e agora?

Como esse espaço vai funcionar?

Devíamos falar sobre isso com arquitetos.

Tudo começa com a chuva. O lago, que geralmente é seco, ocasionalmente inunda no inverno. Como ele fica a cerca de mil metros acima do nível do mar, sendo rodeado por montanhas, as temperaturas noturnas podem cair abaixo de zero. Com isso, os lençóis do lago temporário ganham uma capa de gelo.

Eu sei que se chego — você também — se qualquer pessoa chega num lugar que não tenha a sua padaria, ou a sua esquina, um lugar que você não pode chamar ninguém pelo nome, e suas pernas parecem estar dispostas a andar por todo o tempo — sempre te olham, e perguntam
se você tem onde
ficar.

O gelo da superfície deve ser fino como vidro, mas forte o suficiente para quebrar.

O que acontece nas repetições?

Eu não vou ficar
me repetindo
Eu não vou ficar
me repetindo
Eu não vou ficar me
repetindo
Eu não
vou ficar
me repetindo

Eu não vou ficar.

Por fim, as noites geladas devem ser seguidas por dias ensolarados, com ventos fracos que quebram o gelo, gerando o movimento das pedras. Depois que o solo seca novamente, os rastros continuam por lá.

Uma série de tempestades de inverno criou as condições perfeitas de dezembro de 2013 a fevereiro de 2014, quando as imagens foram registradas. Centenas de rochas se arrastaram cinco vezes em 10 semanas.

(...)

O Ítalo me disse que todas as células dos nossos lábios
mudam
de 6 em 6 meses.

A Joana, que os desertos
não param de crescer pelo mundo.
E você sabe,
os caminhões de lixo também não pararam
de passar.

Basicamente, as pedras se movem cerca de um minuto em um milhão de minutos. Para ver é preciso estar lá, esperando

[concluir, com as mãos]

(19 de junho de 2017, cena de despedida, para K.)

///

olhar prédios firmes
imaginar seus caimentos
torcer pra que não tenha ninguém em casa

///

assistir à luta
barulhenta
entre o vidro e o vento

aceitar que eles não são mesmo capazes
de se ver

///

comprar uma régua
quebrar os primeiros centímetros
fazer jus à memória

///

levante o braço,
peça pra falar
não fale

///

foder em banheiros
como quem faz
necessidades

///

abrir um chão no centro do corpo de pé
uma possibilidade horizontal que sustente sapatos produzidos
em todos os países
permitir todo tipo de escambo, tráfico, piso
não pisar em ninguém

///

contar os azulejos
sem esquecer daqueles
que os armários escondem

///

se juntar a um grupo de pessoas esperando no sinal.
esperar junto, o sinal vermelho.

///

as roupas sabem
que não deveriam fazer
o que nos fazem

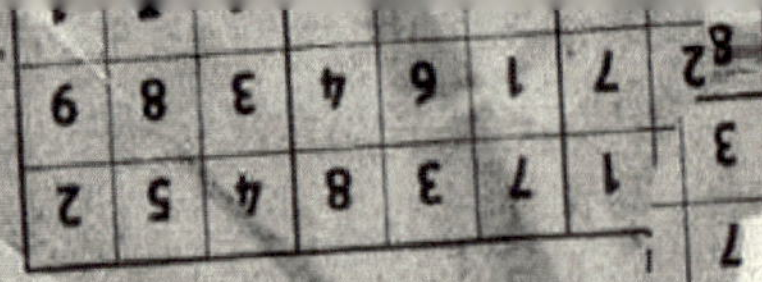

:S

/ Um sinal de trânsito **2.** Que é próprio de
Rotação Por abelhas **6.** Publicar,
Preguiçoso / o Futuro
10. Que atua como remédio para todos
que separam o D do G / (Juro.) Suspensão
12. Família de plantas à qual pertencem a
fumaca, etc. **13.** Expelir valor, tempo
O ator de
esistência passiva
produzido por determinado aparelho,
vício, de Andar para trás

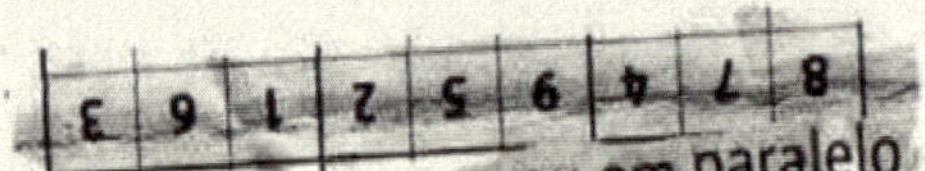

ou em paralelo

6. As iniciais

da entrada de um edifício /
/ Diz-se que é duro de r
duro de aceitar

o dia amarelo

NÃO SE PRECISA ESTAR NA FLORESTA

As árvores bifurcadas acima de um metro e trinta de altura do chão ainda são consideradas como uma única árvore.
O diâmetro DAP é considerado uma variável dendrométrica muito importante em trabalhos florestais.
Chama-se Diâmetro à Altura do Peito.
Deitadas, nunca passamos disso.

OSSOS E LARANJAS, SÃO COISAS QUE ESPREMEMOS

A filosofia
difícil
atrás de pelos.

Eu tenho no estômago um trabalho.

Deixar outra noite com erro

e comida.
Que do amor acordo prático.

SEGUNDAS-FEIRAS

Sem qualquer brinquedo dentro,
pensar longa a vontade.
Derrubar elegante o fim.

O TEMPO ACABOU

1) Escrever em tirinhas
fracasso, cheetos, cheque-especial, Angélica Freitas,
Diadorim, A craseado, socorro,
clitóris,
2) Colocar essas coisas num chapéu, mexer
3) Ver as palavras se embolarem
4) E finalmente ninguém conseguir explicá-las sem
apontar o mundo
5) Ouvir J. gritar: o tempo acabou.

0) Viajar é conhecer os pés dos outros.

(Rio Bonito, dezembro de 2018)

CARTA PARA AS MEMBRAS DO *MOVIMENTO RESPEITA!*

23 de outubro de 2018: dias antes das eleições para a presidência do Brasil.

Companheiras,

Acho que é esse o nome do nosso trabalho: SÃO NOSSAS AS NOTÍCIAS QUE DAREMOS. Acabei de medir a caixa, ela tem 1,20 por 1,00. Metros. Mas a trena também mostrava a quantidade em polegadas. Eu não sabia: a polegada veio dos romanos, que mediam com os dedos. É a largura de um polegar humano regular (que, sabemos, significa um homem com anseio colonizador), medido na base da unha. Mas essas não são as vidas medidas na base da unha. Meus dedos são pequenos, vocês sabem. Agora sei que têm meia polegada. Tenho as extremidades pequenas, como que precisando de ir a outras. No jornal O Globo, mulher relata ameaça de vazar 'nudes' após deixar celular em loja. Fora do jornal, cinco travestis foram assassinadas essa semana e não temos seus nomes. Comprei um chocolate derretido, tive que chupar a embalagem. Sinto: o gosto do plástico é frio como o resto. Um menino russo de 4 anos engoliu um pedaço de bexiga e está em coma há seis semanas. Eu não enxergo bem à distância: sempre que vejo uma cabeça branquinha penso que é meu pai. Quando tô distraída, penso que tô em casa. Eu contei, aquele dia? Minha irmã tá morando fora, tendo que engolir o trabalho de garçonete num bar fascista. Ela só foi descobrir depois. No telefone, hoje, me pediu pra tomar cuidado, pediu que evitasse beijar na rua — e acrescentou, devagarzinho: eu sei que é uma merda te pedir isso. Eu tava no estacionamento do prédio comercial onde trabalho, é no chão desse estacionamento onde deito na minha hora de almoço, um descanso imundo. Com pouca gente tenho coragem de chorar. Tenho comprado três maços de Marlboro, de cada vez. E me exaltado. Sabemos que o genocídio negro e indígena já é o que acontece, desde que o país foi roubado pelos portugueses. Que a luta não pode se dar trégua. E cansa. Mas tá nessa com vocês me faz movimento. Uma trajetória nunca se esquece de onde começou. E com quem se estava quando começou. Eu gosto de pensar que estamos nascendo toda vez que damos os olhos com força. Carboidratos têm tanta pertinência. Se nossas palavras foram todas roubadas pelo outro lado — e de repente *mudança* virou uma ameaça, o que fazemos nós, que precisamos das palavras pra trabalhar? Tenho cuspido na rua. A cara da N. acordando vive presa nas minhas polegadas, eu carrego essa imagem nas pálpebras enquanto termino o sono no ônibus — e essa imagem eles não podem remover. N. vai continuar acordando. Eu e vocês também. Porque o desejo é ágil. O desejo não se atrasa. O desejo é o único corpo possível de se desviar. E não nos cabe parar agora.

Com amor,

Maria Isabel.

CLASSE MÉDIA

Uma amiga comprou um objeto para os gatos arranharem.
Como é estranho alguma coisa ser feita para ser destruída.

BEM COMO NA LIBERAÇÃO DO COLAPSO

ASSOPRAR AS CINZAS DOS TECLADOS

O pai da K., no Méier, dizia:
minha filha, acorda pra cuspir.

Minha avó, Volta Redonda, operou os 2 braços,
está bem, sem esticá-los.

Não temos ido longe, dramaturgicamente.
Ainda não aprendi libras, nem pajubá.
E todos os direitos estão reservados.

Mas na galeria, branca,
cheguei mais perto da escultura &
com alívio, vi: um mosquito não sabe
onde não se pode encostar.

EMBORA O OCEANO PACÍFICO CUBRA QUASE UM TERÇO DA SUPERFÍCIE DO PLANETA E CORRESPONDA A QUASE METADE DA SUPERFÍCIE E DO VOLUME DOS OCEANOS

A guerra nunca será
interrompida.
Estamos aqui na terra e na verdade
só há outro lugar.

COMPROMISSOS DO DIA

Molhar; ensopar

Idioma

Relativo aos lábios

Que tem calos

Agitar com força e repetidas vezes

Para dentro

Região que, por conter água, é fértil e está localizada em pleno deserto

Ensinar

A voz do cavalo

Que pode ser vencido

Formar (uma palavra) de outra

Declarar com autoridade

Chuva fina e permanente

NÃO SE ENGANEM ISTO NÃO É FELICIDADE

quando escrevo um poema pra uma mulher
estou batendo na morte

estou pedindo pra ser expulsa da sala

DEPOIS DE ASSISTIR *TRAGÉDIA, UMA TRAGÉDIA*

Uma mesa de mulheres comendo
frango à passarinho em outubro.
Combinam de armar uma pelada e até aí
poderia ser uma mesa de homens
muito machos e os caralho mas
contamos dos nossos estupros.

///

Sair pra tirar um dinheiro, entrar na fila, ter o dedo não reconhecido pela impressão digital, ter que usar a porta com detector de metais, deixar as chaves e as moedas do lado de fora, empurrar o vidro, entrar só o corpo, e as suas dívidas, só o corpo, vestido, a calça e a blusa, do mesmo vermelho, celebrar que a máquina não apita contra ele, sair, esperar o sinal vermelho, atravessar, ir no mercado comprar uma maçã, experimentar algumas na mão, escolher uma, pensar quantas pessoas já experimentaram aquela, na mão, suspeitar que os dedos mudem suas impressões diariamente, de tanto encostar nas coisas, sair comendo a maçã, suja dos dedos dos outros, reler de longe o cartaz preso na carrocinha de pipoca que diz, sem explicação, "temos pele", concordar com a cabeça, sentir um arranhão do tanto, pensar em todos os lugares onde já entrou o dedo, às vezes mais, rir de se imaginar contando tudo aquilo pro gerente, do banco, como argumento contra a biometria, pensar no trabalho que é, se arrepiar assim, todo o dia, nas coisas que não leva mais consigo, na necessidade de empurrar o corpo sozinho contra o vidro, nunca quebrar o suficiente pra desistir, constatar, numa mulher que passa, o frio, voltar pro escritório.

///

Ontem já eram 22h quando o professor disse *a gente para aqui, e na próxima aula vamos ver o último trabalho desse artista, que era tentar atravessar o oceano atlântico sozinho num veleiro de 12 pés, e nunca mais foi encontrado,* eu fui para o bar, arregalada, e depois para a cama, para o trabalho, e só conseguia pensar nesse desmapeamento completo de um corpo, entrei no Google e descobri que o barco foi encontrado, vazio, despedaçado, lembrei daquele navio centenário que foi visto vagar pela Polônia, com uma floresta erguida, crescendo nos limites da madeira, pra cima, entrei no Google e achei os outros trabalhos do Bas Jan Ader, esse artista que deve ter caído no meio dessa tentativa, num canto desse mar. Descobri que ele fazia vídeos com experiências de queda, são muitos trabalhos, ele caindo de um telhado, balançando e caindo com o vento, caindo na água, caindo. Se apresentando à gravidade sem nenhuma resistência. A gente que vive fazendo todo esse esforço pra não deixar a cabeça cair no chão, todos os órgãos do corpo se equilibrando pra contrapor ao seu peso, diariamente. Eu, que domingo caí na cachoeira, e agora tenho 4 riscos horizontais no joelho, a gente segue vivendo como se cair fosse um risco, não pudesse ser uma vontade. Como se cair não fosse, por exemplo, uma exigência imediata para o presidente desse país. Como se cair não fosse uma outra maneira de conhecer o vento. De abandonar uma ideia. No caminho da minha casa tem uma árvore amarrada, escrito *Atenção, risco de queda.* Como se cair já não fosse o trabalho das folhas, a existência da chuva, como se cair não pudesse de repente ser uma postura.

SE AO ESCAVAR ROCHAS DE 600 MILHÕES DE ANOS ENCONTRÁSSEMOS AS PRIMEIRAS ÁGUAS-VIVAS AO LADO DA OSSADA DE UMA MARMOTA SERIA PRECISO REESCREVER NOSSOS TEXTOS

Pagamos alguns centavos no peso
da camada externa da cebola
que arrancamos.

Estamos geralmente correndo.
Quando paradas.
Lembro das elefantas, que gestam
durante quase dois
anos.

Há um cansaço ancestral.
Não é sono.
Porque não deito.

Os fósseis não choram alto.

Você não sabe onde deixou
a casa,
eu esqueci seu nome.

Antigamente desenhava bonecos
com 6 dedos.
Botava o excedente na boca.

Penso em Plutão, massa
pequena que faz 1 aniversário
enquanto aqui vivemos duzentos
e quarenta e oito.

Você me olha como um almoço.

Há indícios nos dedos:
dentro d`água envelhecemos
à medida que duramos.

E se o rio carrega ossos de seus peixes
é porque a água também come.

A SEMANA O FIM DA SEMANA

o ipê amarelo
é verde, 11 meses
por ano;
a maior parte do tempo
[isso que nunca sabemos o que realmente
é]
estamos esperando
o aparecimento de alguma cor

passamos a semana
esperando
o fim
da semana
quando cortamos
o cabelo
uma parte cai, é varrida
a parte que fica
fica esquisita
e aí esperamos
a nova quantidade se acertar
à cabeça

a minha cabeça
vive esperando

alguma coisa
que faça
meu pelo
levantar

o momento
sincronizado
em que todos os pelos
de todos os braços
de todas as pessoas
vivas
façam finalmente
um levante

ainda que eu saiba
um levante
nunca se sustenta
de pé

e que isso é ainda mais difícil
do que levantar
nosso corpo
inteiro
da cama
diariamente

a chance de um instante
universal
é uma crença
cega

a capa do Marlboro light
diz
fumar causa cegueira
eu penso: dormir
também

EU DEIXO PRA VOCÊ A POSSIBILIDADE DE CORRER

Não estar, ok, onde
você vai eu posso
não estar exceto
claro o meu próprio
corpo a gente
pode dividir esse
país em duas
partes a minha
pode ser minúscula
como uma célula
onde não caiba
nenhuma lembrança
sua nenhuma
lembrança
minha
você pode levar suas partes
do meu corpo
eu posso ficar com algumas
as mais fundamentais
talvez o pescoço

é possível
sim

O MATO É ISSO QUE NINGUÉM DEPOSITOU

Onde se coloca a fome
sem que nunca seja
um sintagma, isso de que falamos
com os dedos lambuzados de óleo

Onde se coloca a mãe
que quer gemer antes de
colocar os meninos
pra dormir

Onde se coloca a lâmpada
que nunca mais apagou e
não sabemos explicar porque
diabos nunca mais apagou

NÃO

Eu sei,
Uma empresa suíça vem cuidando de transformar
cinzas em diamantes
pra que possam ser levadas
nos dedos

Eu sei, no século XX
as pessoas enviavam os seus filhos

pelos correios

Não sei, um homem, em San Diego, passou 264h acordado
E desde então é
possível, afinal

Eu sei,
a velocidade é diretamente proporcional ao tempo, e a
distância,
ao quadrado do tempo

Eu sei, o tempo que o Titanic levou para afundar
é o mesmo
da duração do filme original

3 horas e 14 minutos, eu sei

Alex disse. O mar tem piano.

Existem mais de 100 ilhas à venda ao redor do mundo. Algumas
delas custam menos
que $30.000 dólares mas são sempre
pequenas
exceções
de oceano.

Eu sei, Einstein, já doente, disse
É hora de partir elegantemente

Mas eu tenho as mãos fracas
não aprendi
criança
a fazer ponte

Já se sabe
no final é ilha onde se fica onde se parte

e mar, só esse
atraso na
vontade
do barco.

NÃO IMPORTA QUE PLAYLIST ESTIVER OUVINDO

na cidade é impossível seguir
em frente sem desviar
os quadris.

há sempre um poste, um prédio, uma
placa, uns zumbis,
um homem.

Um homem é feliz com documentos.
É sempre perigoso: um homem que fala inglês.
Um homem que fala.
Um homem.
Hoje começa o inverno.
Marcus Vinicius foi morto ontem pela polícia
enquanto ia apressado à escola, na Maré.
Marcelo ateou fogo no porteiro de seu
prédio, Jefferson, depois fugiu, calmamente.
Eu estou sem roupa, de óculos.
Não sei como arquivar uma montanha.
É o dia mais curto do ano.

A CASA

Então isso.
Já não insistimos o adesivo.
Temos o dedo, não enfiamos
na boca, pedimos que tudo seja entregue
em casa.
Eu gostaria de pedir
uma outra casa
de onde eu possa ligar
e pedir
mais outra.

Nesta terceira casa, eu
pediria, moço
eu preciso que seja toda mobiliada
que não reserve nenhum espaço
vazio
poeira, bicho, intervalo

olha, moço

que pra entrar seja preciso quebrar as pontas dos móveis
me enfiar e encaixar
entre as coisas

e então,
em cima de um cavalo
empalhado
como um herói europeu
eu ficasse, enfim,
parada.

Assim será a casa.
Os pelos continuarão
crescendo, tomando espaço, sutilmente.

Mas a haste, como a bandeira, a colônia na terra
já nascem mortas

como aquelas células, que raspamos
isso: a casa não comporta
uma guerra.

ANTES

[tirado de palavras cruzadas]

A voz do cavalo,
preparar para publicação.
Esse fluxo de uma solução pouco concentrada, em direção à outra.
Musgo da saliva não adestrada.

Banir de sua pátria, mandar para o exílio
a declaração escrita de equitação
porque fomos nós que escrevemos.

Sim, tolher, refrear
o idioma
programa que converte dados em código de máquina
esse jornal sem importância
vestígio
da vida lógica da frase. Não.

Publicar a voz do cavalo.
A voz sem país do cavalo.

Querer.
Nomear através de uma votação.

CÍLIOS NA BORDA PARA PROTEGER O OLHO DE SUSPENÇÃO NO AR (POEIRA)

[texto informativo retirado da internet]

O olho é situado por músculos , gordura e tecido Apenas o anterior do olho fica exposto.

O olho pode ser dividido em três camadas:

A camada externa é o limbo

O olho compreende cavidades

anteriores à superfície,
e humor
pelos processos do corpo.

se estendendo até

se formar

entrada
para longe ou perto
(acomodação

como o próprio nome
em
vários ossos,

protegido

OLHO
Contém 40 fósforos
de segurança.
ATENÇÃO.
Observe a posição
correta de riscar.
Risque suavemente.
Mantenha distância
do rosto. Fósforo,
Clorato de Potássio e
Aglutimantes.
Produto não perecível.
Mantenha longe de
crianças, do calor e
umidade. Não riscar
na direção do corpo
e nem com a caixa
aberta.

NÃO EXISTE NINGUÉM QUE NÃO POSSA

Está nítido: olhe.
Estamos nítidos.
Você tá me ouvindo.

Você tá me ouvindo?

Veja como eu não consigo ver a minha própria cara, agora.
Mas eu poderia.
Sim. Claro, eu poderia. E trago, aqui, esse cansaço,

de lembrar que se pode ser vista de fora todo o tempo.

mesmo dormindo é possível, que te vejam, e também se você fechar o olho, de repente, ainda te veem, exceto o seu olho, mas te veem, quer dizer, mesmo que você não veja, te veem, mesmo que esteja distraído, ou retraído, e ainda que se morra, é possível que ainda te vejam, por causa dos espelhos até você pode não existe ninguém que não possa te ver, ainda que se tranque num lugar, sem espelho, e mais ninguém, as paredes ainda te veriam,

e as paredes são incansáveis.

COMO DILUIR UM PIGMENTO HISTÓRICO

sempre que começam a falar
de guerras
seus motivos e datas
eu penso nos bichos
sem vontade de falar
e sem datas porque eles *são*

as guerras

um bicho
mesmo que mínimo,
mínimo, veja
é todo o delírio
da floresta

bastava alguém ter explicado
que nunca existiu quadrado na
natureza, não, foi só depois
do homem

e que se você tiver com dor
de cabeça deve apertar um ponto na mão

bem forte
que isso serve também pra
todos os casos

que a palavra
óculos
surgiu na antiguidade pra chamar os orifícios
redondos
nas armaduras dos soldados

os primeiros óculos
tinham lentes
não tinham grau

até que Alhazen formulou uma teoria
provavelmente durante o café da manhã
viu que miopia, no homem, é
bem normal

já o cachorro, dicromata,
não distingue
o verde do vermelho
mas enxerga nítido
o azul
e enxerga no escuro
e enxerga de costas
e fareja
qualquer lama

as pessoas dizem
que o céu é azul

mas o céu não é
o azul nem existia até
que, na idade medieval, eles começaram a extrair isátis
e fermentar com urina

humana

mas nem o mar, de dentro, é azul
muita gente não chega à praia

e como podemos escolher qual o fator de proteção
se

o guarda tava dando
uma dura
em dois garotos negros
e falou pra gente se afastar porque
a bala podia pegar
na gente
como se só a gente
fosse

[eu viro um bicho com vontade de falar]

eles tão apertando
a coagulação é
um trabalho militar
que mesmo à noite enxerga e procura sempre
a mesma cor

clique nos rostos para marcar pessoas
pessoas que você talvez conheça

tá muito calor
e nesses dias a R. diz, rindo, que tem
um sol pra cada um, na rua

mas quase ninguém usa
ninguém entra
no cio, ninguém fica
azul

a cidade não pega
outra cor

e se você atravessar
três sinais vermelhos
ou corpos
sem chorar ou sequer ficar
triste

você já não é
e não tem nada que não seja
ou não fique
vermelho
o vermelho
que existe

desde o período paleolítico, há 35 mil anos atrás

o vermelho que vive
nessa cidade
onde as manchas não são removidas

mas as pessoas são

onde a polícia tem cavalos
os cavalos suam
e não veem
se a mancha é água ou morte

CAVAR UM BURACO NÃO VER O BURACO

[para ser dito gaguejando]

Sempre foi mistério, o chão. O chão, a sua capacidade. Sua capacidade absoluta. De suportar qualquer coisa. De suportar / de servir de caminho às bicicletas, prédios, bichos, pessoas, lixos. / Um elevador, que é esse chão recortado e móvel, aguenta sempre só uma certa quantidade de peso. E avisa. Tantas pessoas ou tantos quilos, de modo que as pessoas devem se olhar e calcular aproximadamente a soma de seus pesos como uma massa só. Mas o chão, embora não levante, aguenta tudo que quiser existir, solto, aqui, nessa terra. E não é uma máquina, não é. O chão suporta os próprios buracos, que são, talvez, seus machucados, e nos dão pra conhecer a terra, isso aqui embaixo, que escondemos. E que nos suporta, quieta. A escola ensina que não existe meio buraco, vejam, o que existe é buraco, qualquer depressão, é buraco, desnível, agachamento de terreno, é sempre um buraco. A gente pensa que se cavar um buraco e de repente atravessar o mundo, por dentro, vai dar na China. Não é assim. Não é. Daqui — aliás, daqui, e da maioria das regiões do planeta —, a gente acabaria dando no oceano. Não dá em outra cidade. É água, o outro lado. Você tem medo por isso. Você sabe nadar só porque sabe que vai dar na borda. Você nada o corpo porque mira o chão. Eu / Um buraco é acontecimento extenso, esforçado, invisível. Um buraco é um jeito de deixar a gente cair. O oceano é um jeito de ocupar o buraco. Na água, a 30 metros de profundidade, não tem nenhuma sombra. Vocês tão vendo. A minha boca é um buraco. Onde um peixe desajeitado tá aprendendo a falar. A língua que vocês esperam. Vocês veem a língua, vocês veem os dentes, e aquela superfície gosmenta, aqui de trás. A parede da garganta. Mas vocês não veem o buraco, vocês não veem o buraco. Em... si. Porque é vazio. Vocês não ouvem, também. Mas ecoa. Vocês sabem, quem tem um buraco entre as pernas deve correr à noite. / Os esquilos escondem suas nozes em buracos, separados. Quando vão buscar, só encontram 2 de cada 10 nozes que enterram. Eles esquecem. E é porque esquecem que nascem as árvores. Eu olho muito pro chão, enquanto ando, e comecei a reparar naquelas espécies de bueiro no chão. Tampas de ferro, redondas ou quadradas, onde tá escrito, sempre em letra diferente, esgoto sanitário, gás... águas fluviais, gordura, aterramento, [pausa] incêndio. Até hoje não paro de perguntar como pode, haver, ali, concentrado, um incêndio? O que há ali, debaixo da palavra e da terra?

Descobri, só, que chamam "caixas de passagem".

E isso é certo: a gente nunca fica.

O OCEANO É UM JEITO DE OCUPAR O BURACO

UM BURACO É UM JEITO DE DEIXAR A GENTE CAIR

EQUAÇÃO

quanto menos dente
mais vontade de morder

EM TERMOS

Nem todos os fogos podem ser considerados incêndios, este é no entanto um tema que o senso-comum tem ao longo dos séculos banalizado de forma a que praticamente qualquer foco de fogo tem sido visto como "incêndio".
O Incêndio para ser caracterizado como tal tem que possuir certos fatores inerentes ao mesmo para ser considerado como tal.
Alguns desses fatores são:

A área ardida;
As dimensões da destruição;
A localização do mesmo;
A localização do outro.

PODIA ESTAR PERDIDO, SEGUNDO A BIÓLOGA

Baleias-jubarte costumam migrar mais de 25 mil quilômetros
todos os anos.

Em fevereiro um filhote foi encontrado na mata.
No chão seco, na ilha do Marajó.

Foi encontrado tinha aproximadamente
1 ano de idade, 8 metros
por 6, de largura, morto
há 3 ou 4 dias.

A 15 metros da praia.
Dependendo do estado de decomposição, algumas informações que poderíamos ter se perdem.

Estão colhendo as que sobraram, identificando marcas no corpo, se ficou preso em rede, se bateu em embarcação. Estão a abrir a carcaça do animal, coletar amostras de músculos, parasitas.

O corpo da baleia, que se encontra em uma área de difícil acesso, não terá como ser removido.

Mas o desejo dos pesquisadores é que a carcaça seja preservada em algum museu.

UM QUADRO PODE FICAR ANOS PENDURADO, SEM CAIR

[para ser ouvido fora do papel]

Os furacões não são do homem. Os furacões têm nomes.
De mulher.

Katrina, Sandy, Wilma, Patrícia, Irma.

O objetivo ao utilizar nomes humanos a esses eventos é o de facilitar a compreensão do público. Números ou termos técnicos poderiam dificultar a transmissão da mensagem.

Nomes comuns e simples facilitam a divulgação dos alertas, evitando, assim, confusões na população.

O chefe do programa de ciclones tropicais na Organização Meteorológica Mundial atribui a nomeação de tempestades com nomes de mulheres aos militares americanos, durante a Segunda Guerra Mundial.

Explica que eles preferiam escolher nomes de suas namoradas, esposas ou mães.

O importante é ser um nome do qual as pessoas possam se lembrar e se identificar.

Depois, passaram a nomear com nomes masculinos, também. Mas os furacões femininos mataram quase 3 vezes mais que os masculinos.

Os cientistas explicam que os furacões com nomes de mulheres tendem a ser menos levados a sério, como se representassem menos perigo devido ao nome feminino.

O primeiro furacão registrado com nome feminino, e sem relação com santos católicos, foi o "Maria". Maria é o meu primeiro nome.

Eu sou uma voz, aqui, diante de vocês, sem corpo. Os homens têm medo de mim.

Essas mulheres me conhecem.

A maioria dos furacões que nascem perigosos no Atlântico morrem antes de atingir alguma superfície terrestre. Os furacões de categoria 5, a última e pior escala, não são frequentes. E apesar de serem destrutivos, são frágeis. Porque é necessário uma série de fatores ideais para que elas mantenham sua força.

ALGUM DESCANSO

Meu pinto é da minha mãe, disse a Adriana.
Eu tenho os olhos do meu pai.
Que descaramento, esse processo
Em que um pai cola os próprios olhos
Na sua cara
Enquanto você tá na barriga
Da sua mãe.
Eu queria ter os olhos exceto numa segunda-feira.

E que fossem abatidos os artigos
Do tratamento — nos chamaríamos com os olhos
Exceto nas segundas-feiras.

Nas segundas-feiras estaríamos gestando
Alguma gente nova
Feita de remelas.

6.

Sou um leão.
Descobri ontem.
Não tenho nome — também não quero
ser mais chamado pra nada.

Estou rosnando e é tudo
muito novo, compreensível.
Estou bem.

Quando cruzarem comigo na cidade
façam carinho na minha juba.
Cantem uma música pra eu dormir.

SE EU PUDESSE TERMINAR COM 1 DESEJO DIRIA

Nunca aprender a falar.

SUMÁRIO

■ primeira edição
■ julho de 2019